玉茗堂邯鄲記卷下目錄

玉茗堂邯鄲記卷下　雜劇傳奇彙刻第十四種

獨深居點次

夢鳳樓
暖紅室　校訂

第十七齣　勒功

之鳳按獨深居本原題夜行船引今從葉譜

【夜行船】生引小生末扮將官外淨二雜扮小軍衆上紫塞長驅飛虎豹、擁貔貅萬里咆哮、黑月陰山、黃雲白草、是萬里封侯故道、日落轅門鼓角鳴、千羣面縛出番城、洗兵魚海雲迎陣、秣馬龍堆月照營、我盧生總領得勝軍十萬、搶過陽關、一面飛書奏捷、一面乘

夌鳳按獨深居本原題作惜奴嬌序葉譜作夜行船序今勘係犯調爲之註明

勝長驅、至此將次千里之程、深入吐番之境、但兵法虛虛實實、且龍莽號爲知兵、恐有埋伏、不免一路打圖而去、直挐倒了龍莽、方爲罕也、〔眾應介〕〔行介〕

【夜行船犯】〔夜行船〕〔生〕大展龍韜、看長城之外沙塞飄搖、〔眾〕將軍令驟雨驚風、來到迢迢、千里邊城、到處插上了大唐旗號、〔合〕不小〔惜奴嬌序〕看圖畫上秦關漢塞廣長多少、〔小卒上報介〕報報前面黑坳兒內飛鴉驚起、恐有伏兵、〔生〕是也、上有黑雲、下有伏兵、快搜剿前去、〔丑副淨老旦貼扮小番將領眾上〕〔煞嘛嘛克喇喇、戰

介〕〔番敗走下介〕〔生〕此賊幾乎中他之計、〔眾〕諒他小醜何足道哉、

【黑嘛序】難饒、點點腥臊、費龍爭虎鬬、一番搜剿、看風飛草動、殺的他零星落雹、〔生〕蕭條血染了弓刀、風吹起戰袍、〔雁叫介〕〔生射介〕雁雲高、寶雕弓扣響風前橫落、〔眾喝采介〕〔挐雁介〕〔呈上介〕將軍雁足之上、帶有數行帛書、〔生看介〕此地是天山、天分漢與番、莫教飛鳥盡、留取報恩環、〔生笑介〕諸軍且退後、〔背介〕此詩乃熱龍莽求我還師、莫教飛鳥盡、留取報恩環、是了、飛鳥盡、良

亦能詩

刁藏、看來熱龍莽也是一條好漢、且留著他、（回介）此
山名爲何山、（眾）是天山、（生）玉門關過來多少、（眾）九百
九十九里、（生）怎生少一里、（眾）天山上一片石占了一
里、（生）從來有人征戰至此乎、（眾）從古未有、（生笑介）（好怪）
（游衍）的古詩云、空留一片石、萬古在天山、吾起自書生、仗
聖主威靈、破虜至此、足矣、眾將、可磨削天山片石、紀
功而還、（眾應磨石介）
【園林好犯】（園林好）頭直上天山那高、打摩崖刨鉏剗鍬、
向中間平治了一道、山似紙、筆如刀、（書一封）把元帥高

名插九霄、（生）待我題名、（念介）大唐天子、命將征西、出
塞千里、斬虜百萬、至於天山、勒石而還、作鎮萬古、永
永無極、開元某年某月某日、征西大元帥邯鄲盧生
題、（放筆笑介）眾將軍、千秋萬歲後、以盧生爲何如、（眾
應介）是、
【忒忒令犯】（桃紅菊）（眾）上題著大唐年開元聖朝、下題著
大元帥征西的爵號、直接上了祁連一道、折抹了黃
河數套、（忒忒令）雖則這幾行題、一片石千椎萬鑿、（沈醉東風）
這壁廂唐家盡頭、那壁廂番家對交、萬千年天山立、

夢鳳按、獨深居本原題忒忒令犯、今爲訂明犯調

夢夢

草爲標、(生)題則題了、我則怕苺苔風雨、石裂山崩、那時泯没我功勞了、(衆)聖天子萬靈擁護、大將軍八面威風、自然萬古鮮明、千秋燦爛、

夢鳳按獨深居本原題雙蝴蝶今從藏譜改訂

【勝阜神】(勝葫蘆)便風雨苺苔的氣不消、一字字雁行排天際遥、(皁角兒)也未必早晚間山移石爆、長則在關河上星迴日躍、但望著題名記神驚鬼叫、(安樂神)便做到没字碑、也磨洗認前朝、(丑扮報子上)投國山河闢新恩日月高、稟老爺、聖上看了捷書、卑朝文武大宴三日、封老爺定西侯、食邑三千戶、欽取還朝、加太子太

保兵部尚書、同平章軍國大事、聖旨差官迎取已到、望老爺即便班師、(衆賀介)(生)聞此聖恩、便當不俟駕而回、但塞外之事須處置停當。自天山至陽關千里之內。起三座大城墩臺連接無事。屯田養馬有事聲援。策應。不許有違。

【雙醉令交枝】(沈醉東風)守定著天山這條、休賣了盧龍一道、(忒忒令)少則少千里之遥、須則要號頭明、烽瞭遠、常川看好、(衆跪介)(醉翁子)承教、(玉交枝)現放著軍政司條例分毫、但欽依小將們知道、(生)這等就此更衣了、(內捧

夢鳳按獨深居本原題作錦花香今從葉譜

夢中說夢

夢鳳按獨深居本原題錦花香今從葉譜改今名原刻多金鉦奏一句並爲刪去

夢鳳按獨深居本原題鴛鴦煞今從葉譜

譜繫健

幞袍（生上）更衣介
桂香八月襲嬌袍、【桂枝香】（生）你既然承托、我敢違宣召
【八聲甘州】好些時夢魂飛過了午門橋（歎介）【月上海棠】拜辭這
金戈鐵馬、卸下了征袍、【步步嬌】和你三載驅勞、一時拋
調、【皁羅袍】慘風烟、淚滿陽關道、（行介）
錦水棹、【錦衣香】（生眾合）陽關道、來回到長安道、難輕造
便做我未老得還朝、被風沙也朱顏半彫、從軍苦也
從軍樂、聽了些、孤雁橫秋、畫角連宵、【將水令】金鉦奏畫
鼓敲、嘶風戰馬把歸鞍蹻、【川撥棹】人爭看霍嫖姚、留不

住漢班超、（鼓吹介）
【尾聲】滿轅門擂鼓回軍樂、（小生末）擁定箇出塞將軍
人漢朝、（生）列位將軍、休得要忘了俺數載功勞、把一
座有表記的天山須看的好
集（生）許國從來徹廟堂、連年不爲在疆場
唐（小生）將軍天上封侯印、（末）御史臺中異姓王

第十八齣　閨喜

【桃源憶故人】（旦引老旦貼上）盧郎未老因緣大、贅居
崔氏清河、夫貴妻榮堪賀、忽地把人分破、（合）問天天

方便些兒箇歸到畫堂清耍、長相思博陵崔、清河崔、昔日崔徽今又徽、今生情爲誰、去關西、渡河西、你南望相思我向北相思、丁東風馬兒、姥姥、一從盧郎征西、杳無信息、不知彼中征戰若何、老旦仗皇家福力、必然取勝、則是姐姐消瘦了幾分、

亦名金犯令

攤破金字令旦不茶不飯、所事慵妝裹、老旦他是爲官、旦爲官身跋涉、把令政成、抛躲、老旦遠路風塵、知他是怎麽、旦則爲他人才得過、聰明又煩、奸功名兩字生折磨、合春光去了呵、秋光即漸多、扇掩輕羅淚

此調後段犯桂枝香似水紅句應疊一

點層波、則爲他、著人兒、那些、情意可、
〔旦〕夜雨打梧桐、〔旦〕拈整翠鈿窩、悶把鏡兒呵、〔貼〕後花園走跳跳、〔旦〕待騰那、和你花園遊和、〔行介〕做一箇寬擡、瘦玉、慢展、淩波、霎兒間蹬著步、怎那、〔旦住介〕〔老旦〕似這水紅花也囉、不爲奴哥花也、因何、〔合〕甚情呵、夏日長猶可、冬宵短得麼、〔老旦〕梅香取、排簫弦子、鼓弄一番、和姐姐消遣、〔貼〕衆吹彈介〔旦〕歇了、
〔攤破金字令〕砌一會、品簫絃索、懆的人沒奈何、少待我翠屏深坐、靜打磨陀、這好光陰閑著了我、〔貼〕看你

營勾了身奇、受用了情哥、還待恁般尋索、特地吟哦、有一、般兒、孤寡、教怎生過、〔合〕春光去了呵、秋光卽漸多、扇掩輕羅、淚點層波、則爲他着人兒那些些情意可、
夜雨打梧桐、〔旦〕盼離鞍、你何日歸來和我、渺關河、淡烟橫抹、〔老旦〕嬾去後花園、同向前門而望、儻有邊報、亦未可知、〔旦〕正是、正是、〔行介〕〔內打歌介〕雖喈青春傷大、幽恨偏多、聽青青子兒誰唱歌、〔貼〕略約倚門睃翠閃了雙蛾、擡頭望來、兀自你鳳釵微嚲、〔合〕甚情呵、夏

日長猶可冬宵短得麽、〈小生扮將官上〉羽檄飛三捷、
恩光下九重報上、夫人老爺用兵得勝、飛奏朝廷、萬
歲十分歡喜著大小文武官員宴賀、三日、封老爺爲
定西侯、食邑三千戶、馬上差官欽取還朝、掌理兵部
尚書、加太子太保、同平章軍國大事、早晚見朝也、〈旦〉
這等、謝天謝地、
〈尾聲〉喜蛛兒頭直上弔下、到裙拖天來大喜音熱壞
我的耳朶。〈合〉則排比十里笙歌接著他。
〈旦〉去時兒女悲　歸來笳鼓競

〈老旦〉借問行路人　何如霍去病、

第十九齣　飛語

〈秋夜月〉〈淨扮宇文融引末扮堂候丑雜執棍上〉四馬
車纔下的這東華路、但是官僚多俯伏、有一班兒不
睹事難容恕、〈笑介〉敢今番可圖、敢今番可圖、深喜吾
皇聽不聽、一朝偏信、宇文融今生不要尋究、業無奈
前生作耗、蟲自家宇文融、當朝首相、數年前狀元盧
生、不肯拜我門下、心常恨之、尋了一箇開河的題目
處置他、他到奏了功、開河三百里、俺只得又尋箇西

批曰宇文每譖盧生輒云尋箇題目處置蓋從總裁將看文章來盧生家金錢不少獨不肯鑽刺宇文者何也余謂臨川好爲傷時之論於此益見

番征戰的題目處置他、他又奏了功開邊一千里、聖上封爲定西侯、加太子太保兼兵部尚書、還朝同平章軍國事、到如今再沒有第三箇題目了、沈吟數日、潛遣腹心之人、訪緝他陰事、說他賄賂番將、佯輸賣陣、虛作軍功、到得天山地方、雁足之上、開了番將私書、自言自語、即刻收兵、不行追趕、（笑介）此非通番賣國之明驗乎、把這一箇題目下落他、再動不得手了、我已草下奏稿在此、只爲近日蕭嵩同平章軍國本上要連他簽押、恐有異同、我已排下機謀、知他可

到、

西地錦外扮蕭嵩引副淨雜執棍上同在中書相府、平章兩字何如、笑介喜盧生歸到握兵符和咱雙成玉柱、蕭平明登紫閣、宇文日晏下彤闈、蕭擾擾朝中予、宇文徒勞歌是非、蕭老平章是非從何而起、宇文你不知滿朝說盧生通番賣國、大逆當誅若不奏知、干連政府、蕭怎見得、宇文你說他爲何到得天山竟然轉馬原來與番將熱龍莽交通賄賂接受私書、蕭盧生是有功之臣、未可造次、宇文笑介

八聲甘州他欺君賣主勾連外國漏洩機謨、蕭怕沒有此事、此乃番將聞風遠遁、成此大功也、宇文笑介那龍莽呵佯輸詐敗、就裏都難料取、既不呵兵臨虜穴乘勝取、爲甚天山看帛書、合躊躇這事體非小可强

遁文之圖

前腔蕭有無這中間情事、隔邊庭弔遠要審箇真虛、宇文千真萬真、既不呵得了番書合當奏上、蕭那將在軍中呵、隨機進止、況收復了千里邊隅、宇文怒介你朋黨欺君、蕭我甘爲朋黨相勸阻肯坐看忠臣受

臧曰宇文此疏亦害人常事耳

曰蕭嵩花出臨川亦淺

枉誅、（合前）（宇文笑介）原來你爲同年、不爲朝廷、這事我已做下了、有本稿在此、你看、（蕭看念介）中書省平章軍國大事臣宇文融、同平章事門下侍郎臣蕭嵩、一本爲誅除奸將事、有前征西節度使今封定西侯兼兵部尚書同平章軍國事盧生、與吐番將熱龍莽交通、獻賂龍莽、佯敗而歸、盧生假張功伐、到於天山地方、擅接龍莽私書、不行追勦、通番賣國、其罪當誅、臣融臣嵩、頓首頓首、謹奏、呀、這等重大事情、老平章不先通聞、畫知朦朧具奏、雖然如此、也要下官肯押

花字、（宇文怒介）蕭嵩、你敢叫三聲不押花字麼、（蕭叫三聲不押介）（宇文笑介）奸膽量、叫中書科取過筆來、添你一箇通同賣國四字、待你伸訴去、（蕭背歎介）同刃相推、俱入禍門、此事非可以口舌爭之、下官表字一忠、平時奏本花押、草作一忠二字、今日使些智術、於花押上一字之下、加他二點、做箇不忠二字、向後可以相機而行、（回介）老平章息怒、下官情願押花、（押介）（宇文笑介）我說你沒有這大膽、明日早朝、齊班奏去、

【蕭】功臣不可誣、【宇文】奸黨必須誅、
【蕭】有恨非君子、【宇文】無毒不丈夫、

第二十齣　死竄

末扮堂候官上　鐵劵山河國、金牌將相家、自家定西侯盧老爺府中堂候官便是、我家老爺掌管天下兵馬數年、同平章軍國事、文武百官、皆出其門、聖恩加禮、一日之內、三次接見、看看日勢向午、將次朝回、不免伺候、早則夫人到來也、【旦】引老旦貼上　奴家崔氏是也、俺公相領謝天恩、位兼將相、欽賜府第一區、朱

門畫戟、紫閣雕檐、皆因邊功重大、以致朝禮尊隆、休
説公相便是爲妻子的、説來驚天動地、奴家是一品
夫人、養下孩兒但是長的、都與了恩蔭、真是罕稀也、
內作瓦裂聲、介旦驚介、老嬷嬷、甚麽響、老旦看介是
堂檐之上、一片鴛鴦瓦碎下來了、旦驚介呀、鴛鴦瓦
爲何而碎、貼望介哎喲、一箇金彈兒抛打烏鴉、因而
碎瓦、旦歎介聖人云、千鵲知風、蟲蟻知雨、皮肉跳而
横事來、裙帶解而喜信至、鴛鴦者、夫婦之情也。烏鵲
者、暗黑之聲也。落彈者、失圓之象也。碎瓦者、分飛之
意也。天呵、眼下莫非有十分驚報乎。

賞花時俺這裏戶倚三星展碧紗、見了些坐擁三台
立正衙、樹色繞檐牙、誰近的鴛鴦翠瓦、金彈打流鴉、
內響道介旦云公相朝回、看酒伺候、生引末扮堂候丑
雜執棍上、下官盧生、在聖人跟前平章了幾樁機務、
喫了堂飯、回府去也、
么篇俺這裏路轉東華、倚翠華、佩玉鳴金宰相家、新
築舊隄沙、難同戲耍、打參春色御溝花、見介旦云公相朝回、
奴家開了皇封御酒、與相公把一杯、生生受了、內奏

臧曰起語佳

兇狠光景

樂介俺先與夫人對飲數杯、要連聲叫乾、不乾者多飲一杯、旦奉令了、生飲介夫榮妻貴酒乾、旦看介公相乾了、到奴家喚夫貴妻榮酒乾、生笑介夫人欠乾旦笑飲介這杯到乾了、正是小槽酒滴珍珠紅、生笑介夫人、你的槽兒也不小了、內鼓介報報、聽說人馬鎗刀、打東華門出、未知何故也、生由他、俺與夫人唱乾飲酒、旦飲介妻貴夫榮酒乾、生夫人倒在面上了這杯乾的緊、待我喚妻貴夫榮酒乾、旦公相有點了、生夫人、這是酒瀉金莖露涓滴、旦笑介相公、你的莖（鍾）

長是涓的、生笑介內鼓介堂候官上介報報、外面人馬自東華門出來、塡街塞巷、好不喧閙也、生且由他俺與夫人叫第三乾、小生扮兒子慌上哭介老爺老夫人、人馬鎗刀、濟濟排排、將近府門來也、生驚起介

北醉花陰這些時直宿朝房夢喧雜、整日假紅圍翠匝、鈴閣遠靜無譁、是潭潭相府人家、敢邊廂大行踏、聽介內呼喝叫拏拏介生不住的叫拏拏、敢是地方走了賊、反了獄、既不呵、怎的響刀鎗人閙馬、外副淨扮官校持令旨牌淨雜執索上叫衆軍圍住介貼老

臧曰起二句、請住

臧曰省可的慢打商量喒到晚衙遲和疾剛刀一下並佳

旦驚走下、生惱介誰敢無禮、
南畫眉序外副淨聖旨著擒拏、生是駕上差來的請
了、外副淨奏發中書到門下、生慌介門下爲誰、外副
淨竟收拏公相、此外無他、生怕介原來是差拏本爵、
所犯何罪、外副淨中書宇文丞相奏老爺罪重理、這
犯由不比常科、干係著重情軍法、生有何負國而至
於斯、外副淨下官不知有駕票在此、跪聽宣讀、生旦
跪介副淨念介奉聖旨、前節度使盧生、交通番將、圖
謀不軌、即刻拏赴雲陽市、明正典刑、不許違誤、欽此、

生旦叩頭起哭叫天介波查、禍起天來大、悲泣奏當
今鑾駕、生這事情怎的起呵、
北喜遷鶯走的來風馳雷發、半空中沒箇根芽、待我
面奏訴寃、眾閉上朝門了、生爭也麼差、著俺當朝闕
駕、你省可的慢打商量、喒到晚衙、眾有旨不容退衙、
生哭介夫人、夫人、吾家本山東、有良田數頃、足以禦
寒、餒何苦求祿、而今及此、思復衣短裘乘青駒行邯
鄲道中、不可得矣、取佩刀來、頸不刺自裁刮、生作刎
旦救介眾聖旨不准自裁、要明正典刑哩、生是了、是

臧曰南畫眉亦程

了、大臣生也明白死也明白、夫人幸這些業畜、午門
前叫寃、俺市曹去也、遲和疾剛刀一下、便違聖旨除
死無加、〔下〕老旦扮高力士上〔上〕吾爲高力士、誰救老尙
書、今日爲斬功臣、閉了正殿、看有甚麽官員奏事來、
〔旦同小生貼扮兒子上〕相公市曹去了、俺幸兒子午
門叫寃去、十步當一步、前面正陽門了、〔叫介〕萬歲爺
爺寃苦哪、〔高〕萬歲爺爲斬功臣、掩了正殿、誰敢囉唣、
〔旦〕奴家是盧生之妻、誥封一品夫人崔氏、領這一班
兒子、來此叫寃呵、〔高背歎介〕滿朝文武、要他妻兒叫

寃可憐人也、〔回介〕盧夫人麽、有何寃枉、就此鋪宣、〔旦
叩頭介〕萬歲萬歲、臣妾崔氏伸寃、
〔南畫眉序〕宿世舊寃家、當把盧生活坑煞、有甚罵前
所犯、喫幾箇金瓜、把通番罪名賠加、謀叛事關天當
耍、〔合〕波查禍起天來大、怎泣奏當今鑾駕、〔高歎介〕可
憐、可憐、你在此候旨、俺爲你奏去、〔旦〕在此𢹂土爲香、
禱告天地、〔拜介〕崔氏在此叫寃、天天天、撥轉聖人龍威、
超拔兒夫狗命、呵這許多時、還未見傳旨、〔高同末扮
裴光庭上〕聖旨到、既盧生有寃、著裴光庭領敕往雲

臧曰壓解字奇

陽市免其一死、遠竄廣南崖州鬼門關安置、即刻起
程、謝恩、高做灑淚介可憐、可憐、哭鶴無情聽啼鳥有
赦來、下內鼓介
北出隊子外副淨丑雜扮劊子押生囚服裏頭上排
列著飛天羅刹、丑雜劊子手拏尖刀向前叩頭介生
甚麼人、劊是伏侍老爺的劊子手、生怕介唬殺我也、
看了他捧刀尖勢不佳、劊有箇一字旗兒稟老爺插
上生看介是箇甚麼字、眾是箇斬字、生恭謝天恩了、
盧生祇道是千刀萬剮、卻祇賜一箇斬字兒領戴領

戴、內鑼鼓插旗介生蓬席之下、酒筵為何而設、眾光
祿司羅有御賜四宴、一樣插花茶飯、生是了、這旗呵、
當了、引魂旛、帽插宮花、鑼鼓呵、他當了、引路笙歌赴、
晚衙、這席面呵、當了箇施餤口的、功臣筵上饌、眾趁
早受用些、是時候了、生朝家茶飯罪臣也喫勾了、則
黃泉無酒店、沽酒向誰人、罪臣跪領聖恩一杯酒、跪
飲介急咽下也、
么篇暫時間酒淋喉下、還望你祭功臣澆奠茶、眾稟
公領了壽酒行罷、生叩頭介罪臣謝酒了、眾唬看的

好想頭

人一邊些誤了時候、生綁行介一任他前遮後擁閙
嚌喳擠的俺前合後偃走踢踏難道他有甚麽劫塲
的人兒也則看著耍衆叫鑼鼓介生問介前面旛竿
何處、衆西角頭了、生歎介
南滴溜子旛竿下旛竿下立標爲罰是雲陽市雲陽
市風流儍角衆休說老爺一位少甚麽朝宰功臣這
答套頭兒不稱孤便道寡用些膠水摩髮滯了俺一
手吹毛到頭也没髮生惱介掙斷綁索介
北刮地風呀討不的怒髮衝冠兩鬢花劊做摩生頭
介老爺頭子嫩不受苦、生咳、把似你試刀痕俺頸玉
無瑕雲陽市好一抹淩烟畫衆老爺也曾殺人來生
提喝、得、醒
哎、俺也曾施軍令斬首如麻領頭軍該到咱衆這是
落魂橋了、生幾年間回首京華到了這落魂橋下內
吹喇叭介劊子摇旗介時候了、請老爺生天生笑介
棒喝
則你這狠夜叉也閑弔牙刀過處生天直下哎也央
及你斷頭話須詳察一時刻莫得要爭差把俺虎頭
燕頷高提下怕血淋浸展汚了俺袍花衆老爺跪下
生跪受綁劊磨刀介內風起介劊好風也刮的這黄

此處不宜取笑

慧口

臧曰老蕭何放的下這淮陰胯可憐煞將軍戰馬並作

沙、哎喲、老爺的頸子在那裏、（摩介）有了、老爺挺著、（生）低頭、刽子輪刀（介）（內急叫介）聖旨到、留人、留人、（裴）領旨同旦急上介

（南雙聲子）天恩大、天恩大、鳴冤鼓、由人打、皇宣下、皇宣下、雲陽市、告了假、省刑罰、省刑罰、躭驚嚇、躭驚嚇、一刻綵兒、故人刀下、（裴宣詔介）聖旨到、盧生罪當萬死、朕體上天好生之德、量免一刀、謫去廣南鬼門關安置、不許頃刻停留、謝恩、（放綁介）（生倒地叩頭萬歲介）（生）受聖人天恩了、來者是誰、（裴）是小弟裴光庭、（生）

賢弟、賢弟、俺的頭可有也、（裴）待我瞧、（瞧瞧了拍介）老年兄好一箇壽星頭、

（北四門子）（生）猛魂靈寄在刀頭下、荷荷荷、還把俺嵗頭顱、手自抹、（裴）年兄俺開口相問、奏本須筆者字文公也要蕭年兄肯畫知、（歎介）要題知斬字下連名他相伴著中書怎押花、（裴）敢蕭年兄也不知、（生）難道、難道、則怕老蕭何也放的下這淮陰胯、（內風起介）（歎介）看了些法塲上的沙、血塲上的花、可憐煞、將軍戰、馬

（裴）老年兄與年嫂在此敘別、小弟回聖上話去、小心

臧曰徒亂人意用群綜事住

臧曰此在南曲中足稱上乘矣

烟瘴地、回頭雨露天、歸了、下。旦哭介。怎生來、話兒都
說不出來、奴家有一壺酒、一來和你壓驚、二來餞行、
生。卑人見過那些御囚茶飯、早醉飽也、旦。兒子都在
午門叩頭去了、等他來瞧一瞧去、生。由他、由他、他來
徒亂人意、夫人、不要他來相見罷了、旦哭介。俺的天
呵、也把一杯酒畧盡妻子之情、

南鮑老催。唏唏嚇嚇、生舉杯做手戰潑跌介。旦。哎喲
介。戰兢兢、把不住臺盤滑、撲生生徧體上寒毛乍、吸
厮厮也哭的聲乾啞、內鼓介。內。盧爺快行快行、有旨
著五城催促、不可久停、小生貼扮兒子哭上。我的爹
呵、旦。這都是你兒子怎下的去也、生。你是婦人家、不
知、朝廷說我圖謀不軌、如今安置我在鬼門關外、罪
配之人、限時限刻、天呵、人非土木、誰忍骨肉生離、則
怕累了賢妻、害了這幾箇業種、到爲不便、兒扯要同
去介。生。去不得也、兒、同哭介。眼中兒女空鈎搭、腳頭
夫婦難安劄、同死去做一塌、旦悶倒生扯介。

北水仙子。生。呀呀呀、哭壞了他、扯扯扯、扯起他、且休
把、望夫山立著化、衆兒哭介。生。苦苦苦、苦的這男女

臧曰你你你做夫人權守著生寡罷罷罷兒女場中替不的咱並佳說明了

宛如對語

臧曰北稱旦末雙全蓋謂有唱有做此折得之

臧曰詩用哭相思念法

煎、喳痛痛痛、痛的俺肝腸激刮、我我我、瘴江邊死沒了渣、你你你做夫人權守著生寡、（旦）你、再瞧、瞧、兒子、麼、（生）罷罷罷、罷兒女場中替不的咱好好好、這三言半語告了、君王假、我去請了、（旦哭介）相公那裏去、（生）去去去、去那無雁處、海天涯、（虛下）（旦哭介）兒子同去罷、難道爲妻子的、不送上他一程、

（南鬭雙雞）君恩免殺奴心似剮沒箇人兒和他和他把包袱打大臣身價說的來長業煞、（生上見介）夫人、你怎生又趕上來、（旦）爲你沒箇伴當、放心不下、我袖

了半截銀錁子、你路上顧覓、（生）罪人誰敢相近、我獨自覓食而行、你還挐這半截銀錁子回去、買柴糴米、休的苦了兒女呵、

（北尾）罪人家僱不出箇人兒、罷、我還怕的有別樣施行、咱夫人、夫人、夫人、你則索小心兒守著我萬里生還也朝上馬、（下）

十大功勞誤宰臣、鬼門關外一孤身、

流淚眼觀流淚眼（彈詞腔）斷腸人送斷腸人

第二十一齣　讒快

縷縷金〔宇文引小生扮堂候官丑雜執棍笑上〕口裏蜜、腹中刀、奸雄誰似我、逞英豪、來的遵吾道、那般癡老、一萬重烟瘴怎生逃、家門盡休了、學生讒臣宇文融便是、一不做二不休、盧生那廝開河二百里、開邊一千里、可謂扶天翊聖大功臣矣、被我奏他通番謀叛、押斬市曹、可恨他妻子清河崔氏、奏免其死、竄居海南烟瘴地方、那裏有箇鬼門關、怎生活的去、中吾計也、中吾計也、則那崔氏、雖一婦人、留在外間、還怕有他蕭裴同年處置生事、我昨密奏一本、崔氏乃叛

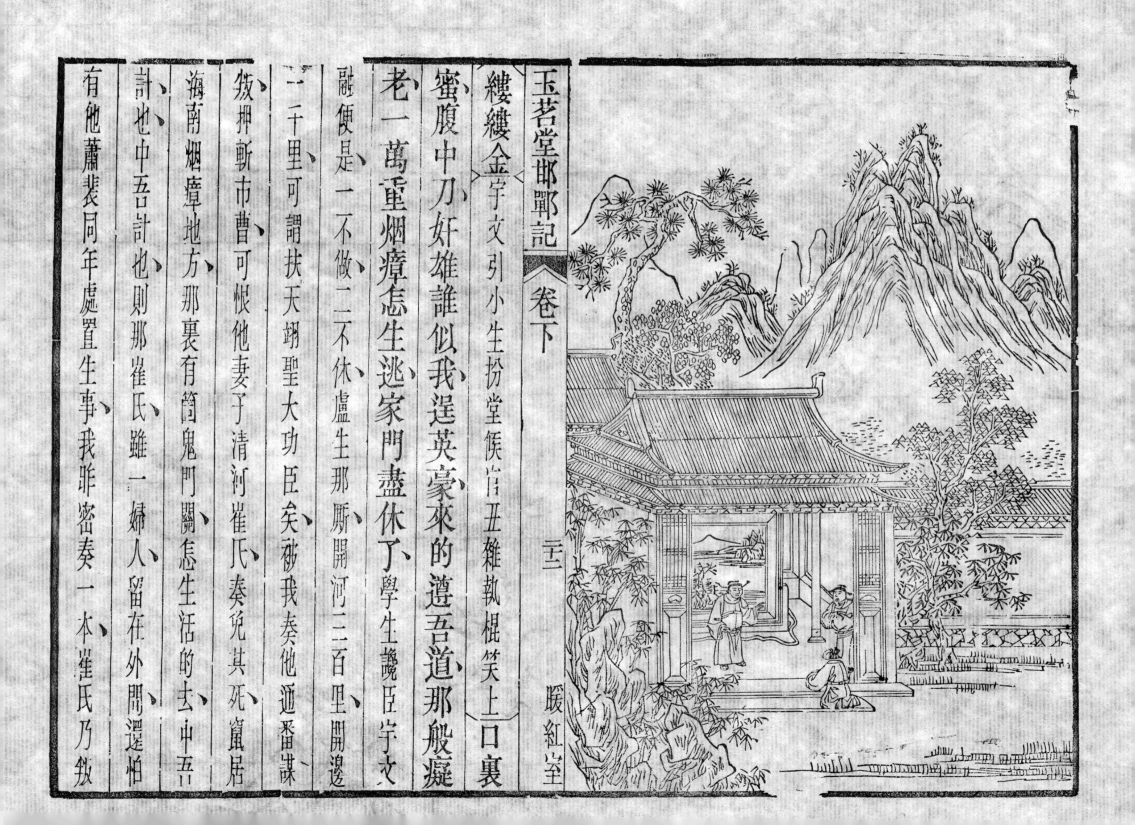

夢中人亦易老妙妙

臣之妻當沒爲官婢、其子叛臣之種、俱應發去遠方、聖旨准奏、其子隨便居住、崔氏沒入外機坊織作、得了此旨、我卽刻差京城巡捉使、星夜將崔氏囚之機坊、將他兒子攆出京城去、好來回話也、（副淨扮大使上）兼充五城使、未入九流官、稟老爺、回話、（宇文）拏崔氏到局坊去了、（使）啓稟、

【黃鶯兒】（生）半老尙多嬌、聽拘挐、粉淚漂、我穿通駕上人驚倒、家私盡抄、兒男盡逃、則一名犯婦今收到、（合）好輕蔑、把寃家散了、長是樂陶陶、（宇文）你這箇官兒、到

能事、記你一功、送吏部紀錄去、（使叩頭謝介）

（宇文）殺人須見血、（使）立功須要徹、
都是會中人、不勞言下說、

第二十二齣　備苦

（丑扮賊上）賊上幾根毛、僭號鬼頭刀、小子連州人、一生剪徑、這幾日空閑、有箇兄弟在古梅村、尋他幹事去、（行介）兄弟在家麼、（淨扮賊上）半生光浪蕩、混名下剔上、（丑）怎生叫做下剔上、（淨）但是討賣沒有的、不管死活、從頭下一剔、剔上去、（丑）快當快當、兄弟這幾日

空過怎好、（內虎吼介）（淨）虎來了、和哥哥前路等人去、

誰知虎狠外更有狠心人、（下）（生持傘上）行路難。行路

難。不在水。不在山。朝承恩暮賜死。行路難有如此。我

盧生身居將相、立大功勞、免死投荒、無人敢近、一路

乞食而來、直到潭州、州州守同年、偷送一箇小厮、小名

呆打孩、背負而來、過了連州地方、與廣東接界、祇得

拚命前去、那小厮也走動些麼、（叫介）呆打孩、呆打孩、

（副淨扮童擔上）走乏了、秀才挑了去、（生）你再挑一程

兒麼、（行介）

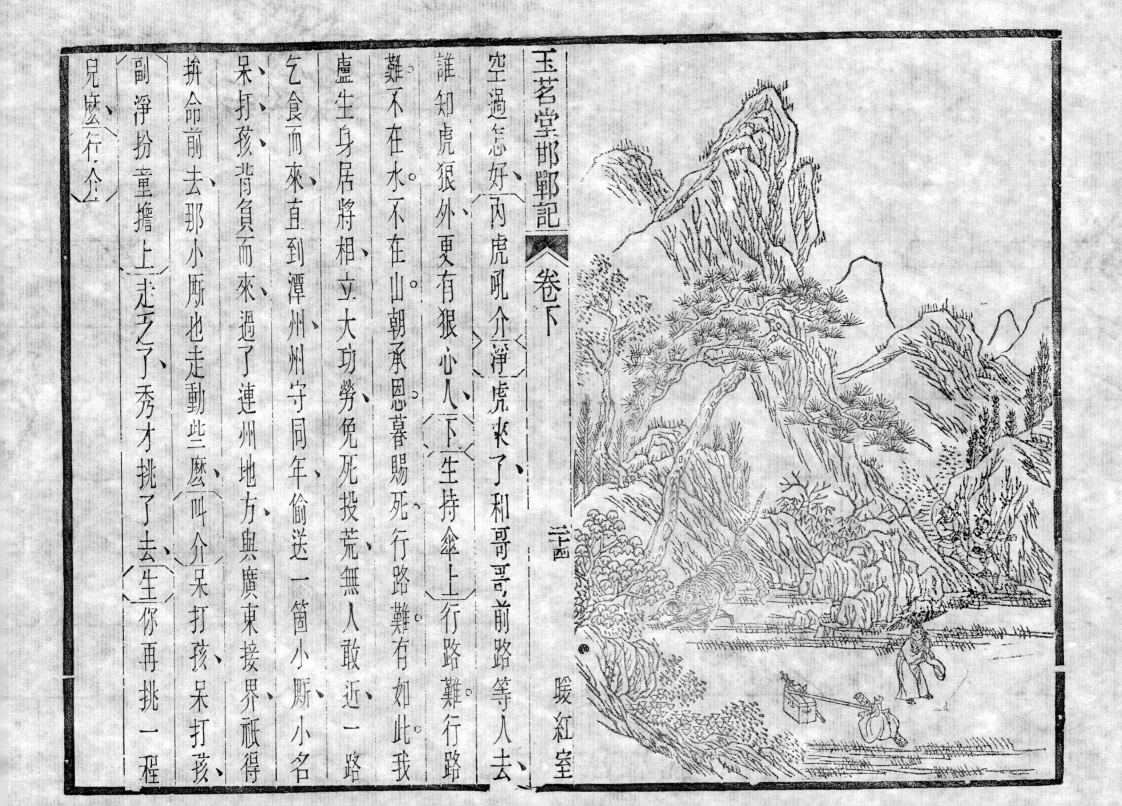

夢鳳按獨深居本原題江兒水今從葉譜
臧曰凌雲臺二句佳

百倍傷感
臧曰黃羅涼傘等句皆是醒世語

雁過江 雁過聲 眼見得身難濟路、怎熬、凌雲臺蓋不到
這風塵貌 江兒水 玉門關想不上匡州道 童 腦傾上黑
絛絳的一大古子來了、生 禁聲、那是瘴氣頭、號爲瘴
毋、歎介 黑碌碌瘴影天籠罩、和你護著嘴鼻過去、走
介 好了、瘴頭過了、童 又一箇瘴頭、生 怎了、怎了、這裏
有天難靠、北地裏堅牢、偏到的南方壽夭、內 虎嘯介
童哭介 大蟲來了、走不動、生 著了瘴麼、有甚麼大蟲、
童 那不是大蟲、虎跳上介 生驚介 天也、天也、
忒忒令 是不是山精野猫、觀模樣定然爲豹、古語云、

刀不斬無罪之漢、虎不食無肉之人、喒盧生身上無
肉也、童 呆打孩、一發瘦哩、生 瘦書生雋、怎做得這一餐
東道、賽得過撲趙盾小神獒、虎跳介 生 怎生不轉額、
前來、跳意兒定不好、虎苟三步打、待喒張起傘來、張
傘作鬭介 內介 畜生、不得無禮、虎咬童下 生哭介 大
蟲拖去呆打孩了、且獨自行去、行介 我閒想起來、朝
中黃羅涼傘、不能勾遮護我身、這一把破雨傘到遮
了我身、滿朝受恩之人、不能替我的命、到是呆打孩
替了我命、看來萬物有緣哩、丑淨持刀趕上 漢子那

夢鳳按獨深居本原題五供養勘係集曲今爲注明

忿世嫉俗之談爲之浮白大快

夢境

裏去、（生驚介）往海南的、（丑）討寶來討寶來、（生）貧子有
甚麽寶、
供養海棠（五供養）雨衣、風、帽、念盧生出仕在朝、（浮）在朝
一發有寶了、（生）些須曾有寶盡被虎狼饕、（丑）難道老（前已說乞食矣）
虎連金銀都喫去了、討打討打、（刀背打介）（生）不要打、
小生也是箇有意思的人（丑）要你有意思做甚麽（生）
小生是箇有功勞的人（丑）功勞中甚用討寶來、（生）歎
介）咳、我想諸餘不要、則買身錢荷包在腰、誰人知意（二○語○定○足）
思何處顯功勞（月上海棠）罵你一聲黑心賊盜（丑）没有寶、（工○秋○）

又罵我賊、下剔上宰了、（殺生介生作死介）（丑）前生有
今日來歲是周年、（下）（生醒介）哎喲這頸子歪一邊去、
濕淋侵怎的、（看介）是血哩、誰在我頭頸下抹了一刀、
喜的不曾斷喉、且把頸子端正起來、（踭起正頭叫疼
介）呀、原來大海了、（望介疼介）恰好一隻船兒也、（雜扮
舟子上）何來血腥氣、觸污海潮風、漢子救你一命、（衆
不許生上介舟子勸上介）
玉劄子（衆）是烏艚還是白艚、浪崩天雪花飛到、（内風
起介衆）颶風起了、惡風頭打住篷梢、似大海把鍼撈、

按獨深原題江誤此合花急三

浮萍一葉、乔帶我殘生浩渺、（生）好了、前面青山一二帶、是海岸了、（舟）吱喲、鯨魚曬翅黑了天這船人休了、（眾哭介）

石榴鎗（石榴花）則道、晚山、如、扇、插、雲、高、怎開交、遇鯨鼇、則他眼似明珠、攝攝的把人瞧、（急三鎗）趙邦兒何處落、纔一閃、命秋毫、（內普魯空空聲介）（眾）壞了、（船覆眾下）

（生得木板漂走哭上介）吱喲、天妃聖母娘娘、一片木板兒、中甚用、呵、（內風起介）好了、好了、一陣飋風來、前面是岸、儘力跳上去、（跳介）謝天謝地、（內大風吼介）

（生抱頸介）吱、緊巴著這頸子、可吹不去呢、（內風吼介）（哭介）吹去、頸子（笑、話、趣、）怎好靠著石亭子倒了去也、（倒介）（小生老旦一貼雜扮眾鬼上各色隨意舞弄介）（外扮天曹上）眾鬼不得無禮、呀此人有血腥氣、（看介）原來頦下刀傷、將我二股髭鬚、替他塞了刀口、（鬼替摔鬚塞口諢介）（天曹）盧生聽我分付、二十年丞相府、一千日鬼門關、（下）（生醒介）吱喲、好不多的鬼也、分明一人將髭鬚塞了頦下刀口、又報我二十年丞相府、一千日鬼門關、呀、真箇長下髭子了、（丑淨扮二樵夫黑臉蓬頭

黃閣而安身倒房借住則黃羅石

用韻既往往一艸功過

〔繩扛打歌上〕打柴打柴、打打子柴、萬鬼堂前一樹槐、
〔生驚介〕又兩箇鬼來了、〔樵〕是黑鬼、〔生〕一發嚇殺我也
〔樵〕我們是這崖州蠻戶、生來骨髓都黑、因此州裏人
都叫做黑鬼、我是砍柴的、〔生〕原來這等、你這裏白日
有鬼、〔樵〕你不看亭子大金字、〔生〕看念介呀、盧生到了
鬼門關、眼見無活的也、〔樵〕你是何等人、自來送死、〔生〕
我是大唐功臣、流配來此、〔樵〕州裏多見人說、有大官
宦趕來、不許他官房住、坐連民房也不許借他、〔生〕好
苦、〔樵〕可憐可憐、我碉房住去、〔生〕怎生叫做碉房、〔樵〕你

是不知、這鬼門關大小鬼約有四萬八千、但是颶風
起時、白日裏出跳、則是鬼矮的離地三寸、高的不上
一丈、下面住鬼、打攪得荒、我們山崖樹杪架些排欄、
夜間護著箇四德狗子睡、〔生〕怎生叫四德狗子、〔樵〕他
一德咬賊、二德咬野獸、三德咬老鼠、四德咬鬼、〔生〕罷
了、罷了、沒奈何、護著狗子睡了、則我被傷之人、碉不　○打○照○○○
上去、〔樵〕繩子抬罷、〔抬介〕
〔清江引〕狗排欄架（詞界）造無般妙、箇裏難輕造、山崖斗又
高、棘刺兒尖還俏、黑碌碌的回回直上到杪、

雅俗並運

導入真境

【前腔】八人擡坐煞那團花轎這樣還波俏草繩繫著腰黑鬼兒梭梭跳這敢是老平章到頭的受用了

逃得殘生命、鵪鶉寄一枝、

情知不是伴、事急且相隨

第二十三齣　織恨

副淨扮機坊大使官上平生不作皺眉事天下應無切齒人自家京城巡捉使爲抄劄盧家有功超升外織作坊一箇大使此乃當朝宰相宇文老爺之恩也老爺還要處置盧家但是他夫人織造粗惡未完事

信筆妙

件、都要起發他一塲、想起來也是箇一品夫人、大使官多大、去淩辱他、（想介）有計了、督造太監將到、擸掇他去淩辱便了、在此伺候、（丑扮內官引末雜執棍上）本是南內押班使帶作西頭供奉官、吾乃掌管織造穿宮內使、便是好幾箇月不曾下局、大使何在、（副淨見介）公公、公公下局、小官整備茶飯伺候、（丑）你知近日朝廷有大喜事麽、（副淨）不知、（丑）乃是吐番國降順中華、縣應、帶領西番一十六國侍子來朝、所費錦段賞犒不貲、故來催儹、你可知事、（副淨）小官知事、祇是外機坊錢糧有限、無可孝敬、公公、（丑惱介）不孝敬、畫、也、公公、公公麽、多大

孫子哩、（副淨）不敢說、有一塲大孝敬、祇要老公公消受得、（丑）怎麽大孝敬、（副淨）老公公、公公半年不到此間、有箇織婦、係盧尚書妻小、那尚書積貫通番、得些寶玉珍珠、都在那妻子手裏、（丑）難道他、雙手送來、（副淨）馬不弔不肥、人不弔不招、弔將起來、就招了、（丑）我內家人心慈、（副淨）小官打耳睬子、（丑）着憑仗太監公公欺負盧家媽媽、（下）

破齊陣（子）破陣（旦悲抱錦上）一旦內家奴婢、十年相國

臧曰：織處寸腸挑盡語佳，巧織與錦娛心悅目。小詞直奴隸秦七黃九。

臧曰：殢人嬌詞置詩餘中，亦不減秦淮海也。

夫人【齊天樂】零落歸坊淋漓，當戶織處寸腸挑盡。【破陣子】怎禁得呷軋機中語，待學箇回環錦上文，殘啼雙翠蹙。

【殢人嬌】小織機坊，烟鎖幾重簾箔，挑燈罷停梭夢著。流人江嶺，半夜歸來飄泊。宮牆近也，又被啼烏驚覺。　望斷銀河，心緬邈，恨蓬首居然，織作天寒翠袖。試綵鴛雙掠，正脈脈秦川，迴文淚落。奴家盧尚書之妻，清河崔氏。兒夫罪投烟瘴，奴家沒入機坊，止許梅香一人相隨。瞻想公相在朝，夫榮妻貴，府堂之內，奴婢數百餘人，奴有金貂，婢皆文繡。誰知一旦時事變遷，這也不在話下了，祇是夫離子散，好傷心呵。

清新

臧曰：問天天怎舊日今朝，今朝來是兩人，是當行語。

臧曰：一謎謎塵白日裏黑了天門語佳。

【漁家傲】機房靜，織婦思夫痛子身。海南路，歎孔雀南飛，海圖難認。【貼】到宮譜宜男雙鴛處，怕鈿愁暈。梅香呵，昔日箇錦簇花園，今日傍宮坊布裙。【合】問天天怎舊日今朝，今朝來是兩人。【旦】在此三年，滿朝仕宦沒箇替相公表白冤情。【貼】好苦好苦。

【攤破地錦花】【旦】大冤親，把錦片似前程扎一謎謎塵，白日裏黑了天門，待學蘇妻織錦迴文。【合】奏明君，倘然問有，見日分。【貼】夫人織錦迴文獻上御覽，召還相

臧曰一溜溜梭兒攛過淚墨痕語佳

臧曰停梭悵遠人用得恰

妙

介白俱好

公亦未可知、筆硯在此、先塡了詞、好上樣錦、【旦寫介】宮詞二首、調寄菩薩蠻、待我鋪了金縷朱絲、梅香班織、【貼】是如此、【旦鋪錦上織介】

【別銀燈】無情緒絲頭亂廝引、無倒斷挑絲兒廝認、一縷縷金襯着、一絲絲柔腸恨、一字字詩隱着一層層花毯暈、迴文玉纖抛損、一溜溜梭兒攛過淚墨痕、【內喝介】【貼】催錦的官兒將到、夫人趲起些、

【麻婆子】【旦】織就、織就、官錦上、辭兒受苦辛、蟋蟀、蟋蟀天、將冷、停梭悵遠人、穿花錦滴淚胖昏、一勾絲到得

天涯盡、【內喝介】【合】促織人催緊愁殺病官身、

【粉蝶兒】【副淨隨丑響道上】帽帶餛飩高帶著牙牌風韻、【副淨】已到機坊、【丑】還不見機戶迎接、可惡可惡、【貼慌介】督造內使來到、夫人患難之中、祗索迎接、【旦】我乃一品夫人、有體面的、你去便了、【貼丑跪接介】【機戶迎接公公、【丑笑介】好好、起來起來、你就是盧夫人哩、【貼】機戶叫做梅香、【丑問副淨介】怎麼叫做梅香、【副淨】梅香者、丫頭之總名也、春間討的是春梅、冬天討的是冬冬梅、頭上害喇髗的叫做喇梅、這不知是盧尚書

藏口用千字文作諢語元劇中亦有之

那一時討的總名梅香。丑笑介 梅香。梅香。有甚香處。副淨 梅香者、暗香也。都在衣服裏下半截。低介 吊起那一陣陣香滿屋竄來 丑低介 你纔說珠寶一事這丫頭可知 副淨 他是盧尚書的通房怎生不知 丑歎介 則他便是盧尚書通房其實可通 副淨 不要管他、祇聽我說一句你發作一番便了 丑 領教了、見介 盧家的那裏 旦 公公少禮 丑惱介 嗄哟你是管下的機戶不磕頭卻教公公少禮難道做公公的你處磕頭不成、且抬犒賞夷人的錦段來瞧 副淨 千字文編號、有箇八段錦犒賞夷人字號宣威沙漠臣伏戎羌每

箇字號該錦八疋、八八六十四疋 丑 呈樣來 貼呈錦介 這宣威沙漠的樣錦 副淨 耳語介 丑 呀錦文粗薄、不中不中 貼 又呈錦介 這是臣伏戎羌的錦 副淨 耳語介 丑 忒輕了 貼 公公是不知這宣威沙漠字號的錦就要紗一般薄臣伏戎羌的錦就要絨一般輕輕的都是欽降錦樣兒 丑問副淨介 敢是欽降的 丑 你去點數來 副淨 點介 祇有七七四十九疋少造了八八六十四疋 丑惱介 好打哩 做打介 貼遮旦哭介

普天樂犯（普天樂）【旦】錦官院把把時光儘。織作署風雷迅。【副淨耳語介】【丑】是哩這錦上綵交長是斷的且不打正身打這丫頭傷春懶慢【旦】他作官身有甚傷春到是俺縷金綵腸斷懷人。【副淨耳語介】【丑】背哩懷人便是傷春傷春便是懷人好打好打【旦背哭介】織錦字字縈方寸。怎覷的一綵綵都是淚痕滾【回身指副淨介】恨無端貝錦胡云。【指錦介】似這官錦如雲。【玉芙蓉】甚干忙把巴巴踢踢你這內家人【副淨背嘴介】婦人罵老公公哩罵你巴又罵你踢狗好發作了【丑惱介】呀

偏我巴你不巴我踢你不踢本待不尋思你不怕不尋思你待我親自問他那四婦還來聽說你丈夫交通番寇有寶玉珍珠多少聲送公公鑲帽頂鬪妝鸞帶可好【旦】家私都打沒了那討哪【副淨耳語介】【丑】是了馬不干不肥人不打不招先把梅香吊起來【吊介】【副淨假救介】老公公休打他他自招來【丑打貼不伏介】哎喲寶貝都沒有了珍珠到有些兒【丑】在那裏【貼】語窩裏溜的【貼尿諢介】【丑】這是梅香下截的香竄將出來了【內喝道】【丑副淨慌介】司禮監公公響道了【走】

戲曰送醬菜是大監禮物

爲織婦傳神

介

金雞叫 高引小生雜執棍上 帽擁貂蟬、紅玉帶蟒袍

生暈、可憐金屋裏、有向隅人、何日金雞傳信、自家高

力士便是、 歎介 我與平章盧老先生交遊有年、一旦

遠竄烟方、妻子沒入外機坊織作、 歎介 好些時不曾

看得他、知他安否、 丑副淨跪接介 督造機坊內使大

使叩頭迎接老爺、 高 去、 進見介 高 夫人拜揖 旦 不知

老公公出巡、妾身有失迎接、 高 幾番遣人送些醬菜

時鮮、可曾到呢、 旦 都領下了、 哭介 妾身、好苦也、

朱奴兒犯 朱奴兒 機絲脆怕彊忙摘緊、機絲潤看雨暗

風熅、又怕展污了幾夜殘燈燼、奴便待儘時樣花文

帖進、 高 使得、使得、 旦 奴家還有一言告稟、官錦之外、

奴家親手製下粉錦一端、迴文宮詞一首、獻上御覽、

也表白罪婦一片苦心、 高 這不妨、便與獻上御前、或

有回天之喜、 合 淒涼運、憑誰問津、 玉芙蓉 問天公怎偏

生折罰、罰這弄梭人、 貼哭叫介 老公公饒命、 高 夫人 想、

應得、妙、

饒了這丫頭罷、 旦 不是老身難爲他、不敢訴聞、都是

責衙門督造內使、 高 怎的來、 旦 到這也不催錦、也不

看錦、祇是打鬭討寶貝、若干珍珠、若干老公公、你說異犯之婦、那討呵、高惱介原來這等、小的兒快放下來、丑忙鬆綁介高軍校帶著小的、衙門伺候、挐丑下介也是、大使作弄他、高連那大使挐著、挐介

尾聲高縷金箱點數了、且隨宜進、旦貼殺人、那促織兒聲韻、高夫人老尚書呵、終有日衣錦還鄉你心放穩、

旦抛殘紅淚濕窗紗、織就龜文獻內家。

高但得絲綸天上落、猶如錦上再添花。

第二十四齣 功白

六么令宇文同蕭上宇文龍顏光現、採龍珠、怕醒龍眠、蕭五雲高處、共留連、黃閣老、紫薇仙、宇文萬年枝上葫蘆纏、蕭老相公怎麼說、箇葫蘆纏、宇文笑介鄉不纏不小官、不纏不大哩、今日諸番侍子、來朝聖主御、座受賀、實乃滿朝之慶也、蕭恰好裴年兄以中書侍郎、掌四夷館事、前來引奏、必有可觀、

前腔裴上天朝館伴盡華夷、押入朝班、雕題侍子、漢衣冠同舞蹈、拜金鑾、長呼萬歲、天可汗、裴見二位平章